떨켜 있는 삶은

황금알 시인선 245
떨켜 있는 삶은

초판발행일 | 2022년 6월 7일

지은이 | 김유
펴낸곳 | 도서출판 황금알
펴낸이 | 金永馥
주간 | 김영탁
편집실장 | 조경숙
표지디자인 | 칼라박스
주소 | 03088 서울시 종로구 이화장2길 29-3, 104호(동숭동)
전화 | 02)2275-9171
팩스 | 02)2275-9172
이메일 | tibet21@hanmail.net
홈페이지 | http://goldegg21.com
출판등록 | 2003년 03월 26일(제300-2003-230호)

떨켜 있는 삶은

김유 시집

황금알

시詩 신경 따라
모질게 들어서는 새싹들

고뇌와 번민의 숲에
망초 꽃 한 송이 피워낸다

나는 다시
하던 길로 들어서고

어디로 튈지 모를
나의 우주여!

2022년 봄에

차 례

1부 떨켜 있는 삶

2부 엇갈린 시선

3부 헌책방에서

4부 강으로 간 펭귄

1부

떨켜 있는 삶

나의 지문은 언제 완성될까
— 서시

등고선을 오르듯
열 달 내내 굽이진 언덕배기

열 손가락 세상에
엄마의 산고가 각색된 길이
오밀조밀하게 들어 있고

열 손가락은
'엄마의 은혜를 기억'*하며
따로 노는 듯, 같이
세상의 중심에 서려
내내 한 몸이 되었던 것이다

때로는 불에 뭉개지고
물에 불어 세상 밖으로
끝 모르게 떨어졌던
아슬아슬한 인생길

손금을 따라

말도 탈도 많던 고갯길이
이제 더는 없다

돌아갈 수도 없는
막다른 골짜기에 놓인
나의 지문은 언제 완성될까

갈수록 희미해지는
옹이박이 같은 인생 역정
그 길에 불을 지피려
오늘도 아깃적 눈으로
세상을 읽는다

* 함민복 시인의 성선설에서 인용.

수레국화

겨우내 날려 다니던
찌푸린 하늘을 벗어나고 싶던
이번 봄날

가시 돋친 얼굴보다
이슬을 머금고 하늘하늘
맨땅에 뿌리를 내리며
하루하루를 살아내야 했다

나의 꿈은
풀밭을 맘껏 구르며
감성 깊은 수레바퀴를
가꾸는 일

환절을 앞두고
들판을 비집고 피어나다
온갖 꽃 수풀에 차이고 비바람에 넘어졌지만
기꺼이 곁가지를 치고
다시 일어난 삶

열리는 하늘
가을볕에 조금씩
속내를 트고 있다

모든 걸 안고
데굴데굴
계절을 이끌어 가는
꽃 수레바퀴들

수레국화가
행간을 바꿔가며
깊은 생각에 젖어있다

싹이 아닌 싹

세상의 무엇보다 소중했던 싹
싹은 누군가의 싹이었다

싹이 생기는 순간
자신은 이미 싹이 아니었다

모든 것은 싹을 위한
그런, 생이 시작된 것이다

먼저 먹이고 입히고 재우고
싹이 아닌 싹은
싹이 생애 최고의 선물이었다

오직 싹을 위해
내 생의 목표를 잠시 접고
거침없이 달려온 길

쓰러지면 물을 주고
비틀거리면 북을 줘

세상의 중심에 서게 했던
이젠 싹이 아닌 싹

내줄 것도 없이 말라버린 싹이
오늘 싹의 싹을 찾아갔다

내리사랑은 움트는데
자글자글해지는 할미꽃 봉분
여러 번 손을 봤지만
새싹은 기미가 없다

이제 잔디 하나 못 키우는
아쉬운 싹, 이마저도 흙도
지나간 싹이 되었나 보다

한식날 동그마니
흙을 더 얹고 이참에 다른
새 싹을 맞는다

바늘귀

가는 데마다 영락없이 나타나
길을 가로막던 장애물들

처음엔 만만했으나
뒷심이 딸려 주저앉았던
지난날들이 여기 있다

다시 시위를 가다듬고 나섰지만
실력은 멈추고 아집만 남았던
성장기의 한계점

어찌해야 바늘귀만 한 과녁으로
들어갈 수 있을까

실속 없는 부를 좇으려
흔해빠진 명예를 품으려
소리만 요란했던 도전들도
어느 날부터 추락하게 되었는데

지나침을 내려놓고
깊은 성찰로 부딪쳐 보니
굳었던 마음도 조금씩 풀리며
내 길로 들어갈 수 있었던 것이다

그렇지만 아직도
까마득한 시의 세계

거듭되는 사유의 화살에도
바늘귀는 언제나
점점 좁아지고 있다

시간으로만 존재하는

시간을 똘똘 뭉쳐
오늘에 이른 길

틀어진 길을 만나면
올곧게 헤치고 나아가며
밤낮없이 달려왔다

누구를 탓하기 전에
누구보다 앞장서서
누구의 세상을 벗어나려
무던히도 애썼다

'시간은 모든 존재의 힘'이라는
외곬으로 끊임없이
자신을 채근했었다

고비를 만날 때마다
수없이 부딪고 좌절하고
간신히 고개를 넘어가며

길가에 흘려버린 아까운 시간들

살다 보면 어찌
잘 되는 일만 있겠는가

어스레 흘러가 버린
시간의 찌꺼기들이여

다시 뭉쳐
사유의 동산으로 나를
데려다줄 수 없겠는가

심연心淵에
연밥 하나 깃들게
기다려 줄 수 있겠는가

언덕, 그 고비에서

동지가 되면 나는
지구의 뒤에 있고 싶은 느낌

어둠에서 허우적대다
설계도 하나 제대로 못 그린
젊은 날이여

비틀대는 꿈으로
무얼 찾아 헤매다가
이제야 돌아왔는가

'한 번 더' 신중하지 못하고
내달리다 보기 좋게 넘어진
나의 생

앞서기는커녕
뒤처지기를 반복하다
형편없이 쪼그라든 인생통지서
달랑 들고 눈시울을 붉히다가

낮이면 밤을, 밤이면 낮을
기다리는 노을 진 언덕, 그 고비에서

나는 가끔
동지 울타리를 벗어난
사계절
새털구름이 되어본다

그리움 너머엔

1

한 계단 한 계단
오를수록 어려워지던
나만의 세계

가지 않은 길을
가는 삶이
의미이자 방법이었다

달려드는 칼바람에
가시로 맞섰던 지난겨울은
너무나 가혹했다
그렇지만 이 시련이
내가 산에 사는 까닭이었다

이제 먹구름 걷어내고
홍조 띠는 산당화
가시를 굵직하게 키운 채

산허리를 물들이고 있다

무슨 속내일까
산등성이에 올라
바다로 지는 해를
아쉽게 바라보고 있다

2

바다만 바라보다
소금꽃처럼 돋아난 그리움

오지 않는 꿈을 바다에 풀어놓고
바람만 기다리고 있다

풍랑을 헤치고 넓디넓은 세상 살겠다던
어린 시절 약속은
끈질긴 외로움 앞에 파도처럼 부서지고

갯벌에 갇힌 함초처럼
비록 소금물을 먹을망정
함초롬히 뿌리를 지키고 있는 것이다

아직도 육지를 부러워하며
솜털처럼 잔가시를 달고
잔잔하게 웃음 짓는 해당화
올봄이 괜스레 늦바람을 몰고 왔다

무슨 속내일까
탯줄도 안 떨어진
노란 열매 고이 품고
뭍으로 가는 꽃바람을 타고 있다

그림자도 언젠가는

그림자는 결코
남의 그늘에 들어가지 않는다

돌아갈지언정
이도 저도 아닌 섞이는 게 싫은
자신의 줏대는 하나임을
알고 있기 때문이다

이따금 구름에 가려
빛을 못 보거나
보이지 않을 때도 있지만

그때마다 지나치지 않고
잠시 속을 다지고 있는 것이다

그늘에 파묻히느니
자신도 줏대가 되어 꼭
그림자를 갖고픈 까닭이다

우울한 발라드*

매미 울음이 살아나니
날이 들으려나 보다

갑갑하던 시상을 챙겨
선유도공원**으로 산책을 나갔다

늘 사유에 잠겨 있던 강변은
집중호우로 떠내려가고

사색을 즐기던 벤치도
천둥 번개에 놀라 화들짝
가슴을 쓸어내리고 있다

같이 살던 등나무는
폭풍에 이파리를 잃고 울부짖는

깊은 시련에 뿔뿔이
헤어질 거 같은 우리들

정년의 뒤안길에서
들녘을 밤새 헤매다가
불쑥 너에게 기댔던 나, 그때 너는

깜빡대는 별을 가리키며
지금의 나와 같다고
위로의 말을 건넸었지

너는 내게
꼭 맞춰진 풍경

이제 짓물렀던 너의 가슴에
보송보송 새싹이 돋아나니
남은 행간을 어떻게 채워야
우리는 진정
시詩로 태어날 수 있을까

상처 깊은
여름날의 공원 아침

물안개가
'아드린느를 위한 발라드'***를
우울하게 변주하고 있다

* ballade, 대중음악에서 감상곡조에 사랑을 주제로 한 서정적인 노래를 말
  함.
** 서울 양화대교 옆에 있는 과거 선유정수장을 개조한 우리나라 최초의 환
   경재생 생태공원임.
*** 폴 드 세느비유가 작곡한 노래.

예인曳引

할머니를 모시고 집을 나선다
회색 털모자를 쓰고 휠체어에 앉으신 모습이
날개 접은 굴뚝새 모양이다

자식들을 업고 살림을 가득 이고
억척스레 살아낸 생

온몸으로 받아주던 바다가
잿빛이 되어가고 있다

큰 수술 후 집에 머물다
응급실과 요양병원을 전전하는
이제는 내맡겨진 생

모항을 떠난 배가
어린 배의 부축을 받으며
쉴 데로 가고 있다

어린 장_薔꽃을 어루만지며

칠흑의 고요에 어리는
잊어버린 모습들

숯검정이 된 시간에
하얀 꽃이 피어납니다

깊어지는 추억의 한 가운데에
일렁이는 애틋한 얼굴

조용히 나를 붙들고
놓아 주질 않고 있습니다

홀로 들여다보는 시간 속에
또 다른 시간이 있습니다

어렵사리 살아난 추억이
금방 뒤안길로 사라집니다

또 다른 마디가 돋아나지만
이야기꽃을 피우다가 없어집니다

그때마다 뒤에서
나를 어렴풋이 바라보는
틀림없는 그 모습

까맣게 절은 얼굴로
간장을 빚던 어머닙니다

간장독 어린 장꽃을 어루만지며
집안 길조를 넣어 달이던 여인

올 장마 때에도 화덕에 등걸불을 지펴
내게 씨간장을 내어주려나 봅니다

거친 밥상머리를 깊은 맛으로
오랫동안 길들여주던
어머니와 장꽃

간장독에 살아있는
우리 집안의 내력입니다

떨켜 있는 삶

부딪다 웅크렸다
한 마디씩 허공으로 낸 길

새순에는
솜털 같은 바람에도 꼭 보듬었다
가지가 제법 반듯해지면
맘껏 풀어주며 여기까지 왔다

환절마다
삶은 표정을 바꾸고
불쑥 옹이가 덧나면
얼른 잎을 떨고 멈춰서야 했다

짧아지는 햇살에
마디마디 굳은살로 버티는
지난한 길

아무리 빛과 온도, 바람이 흔들어도
한결같은 나이테가

너무 장하다

나는 아직 겨울 앞을 주춤대는데
눈보라 속에서도 기꺼이 봄을 품은,
떨켜 있는
생살박이 삶

내려놓고 기다릴 줄 아는
삶의 무늬가
너무 부럽다

맞닿을 수 없는

하늘과 땅을 걸친
저 숲은 언제나 긴 잠에 들까

자랄 때는 한 마디라도 더 늘려
잎을 더 크게 펼치고
숲을 만드는 일이었을 것이다

그늘이 조금씩 늘어날 때마다
모여드는 수많은 생명들

저 멀리 지평선을 바라보며
한 번쯤은 삶을 고뇌하였을 것이다

제 그림자까지 그늘에 품고 싶었겠지만
늘어났다 줄어들었다
바람 따라 춤추는 숲의 품

비록 시간에 갇혀서도
안팎 탓 않고 자란 나무들은
나름대로 버팀목이 되었을 것이다

지금, 이 순간에도
미지의 공간을 누비는
자연들만의 자유로움

시야에서 숨 쉬는 아득하니
저 지평선
그 끝은 어디일까

마음의 숲을 찾는 만큼이나
가깝고도 먼 가도 가도
거기가 지금 같은

숲이 온전히 제 그림자만으론
살아갈 수 없듯

하늘과 땅 사이 꿈들이 난무하는 한
마음의 지평선도 쉽게
맞닿을 수 없는 것이다

무르익음을 향해

가식적인 세상에서 살아남으려
마음에 없는 말을 쏟았던 젊은 날
그때마다 속은 병들어갔다

주위는 내 속도 모른 채
겉만 번드르르하게 꾸며주었고
밤이 오면 속 달래기에 바빴다

나에겐 정년퇴직이 자유로운
내면의 여행을 가져다주었다

수줍게 내민
마음에 두었던 시어詩語들

다듬어지지 않은 글귀들은
외면받기 일쑤였지만
나에겐 정신적인 해방이었다

어떤 날은 시詩답지 않은 시에도

물을 주고 가꾸어 보았다

쑥쑥, 성장판 열리는 소리

나는 마침내 춘화처리春花處理된
내면을 꽃피우게 되었다

천애하처무방초天涯何處無芳草※

잠시 2막에서의 지독한 고독과 번민은
나를 더욱 성숙시켜 놓았고

지금은 내면에서의 무르익음을 향해
더욱 낮게 흐르는 물이 되려 한다

※ 중국 북송 시대 소동파(소식, 1036-1101)가 장안가 중 접연화蝶戀花에서
　한 말.

서강西江에 여울지는

서강으로 흐르는 물줄기들

그동안 지내온 날들을
강어귀에 펼쳐 놓고 있다

더 너른 곳에 닿고 싶어
굽이치는 돌부리를 마다하지 않던
지난날의 무모함
비록 상처투성이가 되었지만
물줄기 하나 더 늘려
여기까지 오게 된 것이다

달콤한 맛에 취해
코뚜레에 꿰인 짐승처럼
어디론가 끌려가던 발걸음들

끊어질 듯 멈춰
다시 오르고 넘어
또다시 물길을 내고 있는

무미無味의 늦가을

불타오르는 서강을 앞에 두고
뒤를 돌아보고 있는 것이다

비록 시간이 걸려도
더욱 낮춰 돌아가면 된다는
고집스럽던 물줄기

이제 서강에 여울지는
일엽편주가 되려 한다

□□를 탓하지 않고

자리를 탓하지 않고
주어진 시간을 알뜰히 쓰는
저 꽃들을 보라

비가 오는 날이면
툇마루에 걸터앉는 일꾼과 달리
즐거이 흙을 파고들며
뿌리를 늘리는 것이다

천둥 번개로 꽃망울을 잉태하고
두근두근 때를 맞이하는
가을꽃들

찬바람 들고 비탈은 썰렁해져도
제 모습 그대로
고고하게 있는 것이다

내겐 잠깐 머물다 갈
가을이려니

모든 것을 사랑하노니
비록 몸이 삭정이저도
한 알의 씨앗으로 세상을 담아내려니

기다림으로 살다
이제 그리움만 남긴

어머니 같은 쑥부쟁이와
늦가을로 빠져든다

메타버스Metaverse로 돌아보는

돌아갈 수 없지만
돌아볼 수 있는 시간으로 가는 길

지금 모습으로 일 년 전을 가고
다시 십 년 전을 가고 또 그때로 자꾸 가니
꿈꾸던 시간인가 보다

캄캄한 앨범 속, 배경은 살아있는데
모습은 눈만 까만 점 하나뿐
누가 이랬을까

같이 간 시간이 돌아갈 수 있는 법을
넌지시 알려주었다

찾아간 가상세계는
가지고 있는 온갖 추억을 자꾸 풀어놓으며
내 무의식의 세계로 들어왔다

나는 내친김에

그때 이랬으면 어땠을까, 반문도 해가며
강을 건너뛰고 땅속을 거닐며
하늘도 끌어당겨 마음껏 살아본 세상

나는 요즈음 메타버스로 돌아보는
꿈과 추억에 빠져 있다

"□□입니다"*

□를 네 개 이어서
평행선 위에서 시간표에 따라 시계추처럼
네모 난 세상을 오갑니다

눈 안의 세상만 보고 달려온 길
깜빡 졸다 보면 굽이진 터널에서
세상이 사라지기도 합니다

하지만 시간은 차츰
무지갯빛 봄날을 끌어오기도 합니다

그때마다 나는 얼른
4량이라는 글씨를 빨간색으로 덧칠하고
북적대는 대지를 달립니다

내일은 없다는 듯 봄은 색깔로 초만원이고
달리는 차창 밖으로 온갖 사연이 겹쳐지며
조금씩 멀어집니다

대지가 난장인 지금
빨리 풍경이 되어 또렷한 색깔 한 번 남기려 했지만
자외선에 갇혀 여울지는 빛깔들
소풍 간 크레용처럼 흩어지고
캔버스에는 이제 빈 행간만 남아있습니다

빨갛게 '4량'이라고 큼직하게
앞뒤에 써 붙이고 다니다
빈칸만 남은 남쪽 안내판
"□□입니다"

이제 햇빛만 따라다니다
자신마저 잊어버린 시간들을
반대쪽 온전한 "4량입니다"로 갈아 끼우고

오도카니 남겨진 날

또 다른 빛깔들이 태어나면
시끌시끌한 봄날은 평행선 위에서 4량으로

또 그렇게 살아갈 거라고 굳게 믿기 때문에

나는 "□□입니다"
이대로 북쪽만 바라보며
그늘처럼 살아내렵니다

* 경의선 전동열차 머리에 설치한 안내판으로 남쪽은 햇빛에 붉은 글씨는
  없어지고 검은 글씨만 남은 모습. 원래는 "4량입니다"이었으나 "□□입니
  다"로 변함.

2부

엇갈린 시선

찧다

길을 가다
엉덩방아를 찧었다

다시 걷다
이마를 찧었다

수평의 중심을 잃었다가
수직의 중심을 잃어
수직과 수평을 찧었다

'찧다'는
바닥을 다진다는 것

나는 시상詩想의 한계를 뛰어넘고자
여러 시집을 드나들며
나름의 중심을 찾으려 애썼다

생경한 글을 만나면
외려 호감 있게 대하고

입에 맞으면 톡 쏘는 맛을 찾으려는

'찧다'는
더는 손 볼 곳이 없다는 것

오래전부터 꿈꿔왔던
시심에 날개를 달아주어야 하는데
시어 찾기에서 바닥만 기고 있었다

'찧다'는
부딪고 부서지더라도
끝까지 살아남아야 한다는 것

'ㅈ'이 끝장을 본 것은
'찧다'라는 끝말이지만

문설주에 이마를 찧다가
번쩍 별을 보게 된
상큼한 시어가 되었다

때로는 시상이
굼뜨거나 웃자랄지라도
치열하고 올곧게 속을 채우면

가을이 방아를 찧듯
창작의 방아는 찧어지고

'찧'는 내면의 벽을 놓고
처음엔 찡그렸다가 나중엔 웃게 되는
시작노트 같다

틈새

우주의 틈새에서 태어난 나

살기 힘들어도
비비고 들어갈 틈은 있다

견디기 힘들어도
헤집고 들어가면 틈은 있다

아무리 힘들어도
숨 한번 내 쉴 틈새는 있다

바늘귀만 한 틈새에도
살아갈 틈은 반드시 있다

기회는 원주圓柱의 길이*처럼 무한대로
길 위에 촘촘히 늘어서 있다

* 원주=지름×원주율(π=3.14…)

게을러지고 싶은,

초여름 아침
해도 없는 회색빛 하늘
비 오는 밖을 바라본다

나무들은 생기가 돌고
꽃들도 빈둥거리며
오랜만에 여유를 즐기고 있다

게을러진다는 건
잘하던 일을 멈추고
의식에 파묻혔던 속살을 벗기는 것

먼지가 풀풀 날리는 길에서
허우적대던 일상이 비에 씻겨
지난날이 보인다

첫 정년을 지내며
이젠 속도를 줄이자고 했던
느린 여행 속의

낯설지 않았던 추억들

처음 문학기행에서
일행과 신나게 어울리다가도
순간 무의식에서 풀려나오던
추억이 새롭기만 했었다

이젠 시간 속에 갇혀
미아로 떠돌아야 했던
내 성장기가 그립고

'시간은 금'이라며
오직 회사에 목매여
집에까지 휴일을 주지 못했던
내 시간들
게으름도 펴보지 못한
한창때가 안쓰럽기만 하다

나이가 든 지금

날 들기 바라는 일벌과
쉬고 싶은 호박꽃을 생각하며
달라지는 시간들

선뜻 지금에서 물러나
기를 못 폈던 기억들을 찾아
어르고 달래준 뒤
다시 돌아오고 싶다

개미보다 베짱이가 되고 싶은
게으름의 미학

비 오는 날 시간을 거슬러
마냥 게을러지고 싶은,

완연해진

낯선 섬에서
세상을 바라본다

뜨거웠던 시간들이 남긴
발자취들

비바람에 날개 잃은 깃발처럼
고독만 나부낀다

시간을 끌고 가는
완연해진 물의 길

굽이치고 넓어지며
깊이를 더해 간다

가시가 □던 게 아니다

1

장미는 처음부터
가시가 있던 게 아니다

뿌리 내리고 초롱초롱해지면
덩굴을 뻗어 야금야금
나무집을 만들어 간다

오월 햇볕에 몸 달아오르면
손 탈까 봐 가시를 두르고서야
꽃을 피우는 것이다

그제야 붉은 속을 드러내놓고
사랑에 빠지는 장미

시詩답지 않은 넋두리들이 기웃대면
사정없이 쏘아붙이고
연聯을 바꿔 절정에 이를 때까지

58

화려한 무대를 꿈꾸는 것이다

그다음 가시밭길뿐인 한겨울에 뿌리로
시를 쓰고 싶은 것이다

2

작약은 처음부터
가시가 없던 게 아니다

풀숲에서 살아남으려
눈엣가시를 칭칭 감고 외롭게
열심히 꽃을 피워낸다

비바람에 쑥대밭이 되어도 모른 척하자
바로 돌아서는 야생 꽃들
외톨이가 되어 속을 드러내고
마지막 용서를 비는 것이다

천상의 정원에 온 뒤로는
다른 풀꽃들과 어울리면서
몽니 같던 가시도 사라지고
얼굴도 한결 환해진 작약

잎사귀를 한껏 벌려
숲속 행간을 내내 보듬고
조용히 살아가는 것이다

그다음 아침이슬에 다소곳해진
시를 쓰고 싶은 것이다

장미와 작약
해당화와 명자나무처럼 성질만 다를 뿐
시심은 타고났다는 것이다

엇갈린 시선

한때는 1:1이었던 마음의 창들

의식의 뒤꼍에 쌓여있다
갑자기 살아나는 엇갈린 시선

서로를 피해갔던 순간들이
꿈틀거리며 나오면
나는 몸서리로 기억을 덮으려 했었네

한때는 사랑이었던 그 순간만을
애써 떠올리려 했으나
기억 너머로 쓸쓸히 사라져 가고
떨떠름하게 피어나는 또 다른 시선들

준비되지 않은 시선만 머뭇거리다
다시 잊혀가는 시간의 길
엇갈림이 굴레가 되었네

모닝콜의 질감

오랜만의 해외여행이라
맘이 들떴는지
베개가 잠 못 이루고

돌아누운 머리맡에선
꿈에 부푼 모닝콜이
들뜬 시간을 바로 털어내고
남은 시간을 알려 준다

다시 잠을 불러보지만
속 보이는 토끼잠뿐
느긋함은 어디에도 없다

마음은 벌써 그곳에 가 있어
밤 내 욱신대던 몸이 잦아들 때쯤
벌떡 일어나
시끄럽게 구는 모닝콜

깜짝 놀란 여권이

비상대기 중인 가방을 챙겨
집을 나선다

새벽부터 눈치 없이
어떤 때는 거드름까지 피우며
남의 속을 건드리는

고부간姑婦間 같은 너와
빡빡한 인생 여행에 오른다

맥문동

땅 한 뼘 없이
소나무에 빌붙은 여러해살이풀
몸집보다는 땅을 파고들고 있다

매일 오는 그림자엔
눈길도 못 주고 오직
그늘만을 끼고 사는 것이다

이따금 솔가지 사이로
빛의 조각들이 찔끔대면
얼른 가슴에 넣어둬야만 했다

계절이 바뀌어도
맨 날 같은 푸른 몸빛에
겉으론 짜증도 냈었지만

뿌리에 쌓여가는
겸손과 시간을 보면서
꾹 참아내곤 했다

한여름 땡볕에서
분꽃이 움츠러들 때쯤
음지를 함초롬히
보랏빛 향기로 피워내는
너, 맥문동

그늘 벗고
뿌리 깊게 내린 한해살이
그 살맛 나는 이야기가
벌써 가을 동네에 자자하다

꽃눈

뒷걸음질하는 봄

움츠러든 옷으로
바람을 등지고 가는 동안
꽃잎들이 눈처럼 날리고 있다

바람에 몸을 맡기고
화무花舞에 휩쓸려 드는
이제는 저버린 편지들

비록 말라비틀어져도
누구보다 먼저
생을 피워냈다는 뿌듯함으로
마지막 남은 힘을
봄에 쏟아붓고 있다

시샘으로 이어진
말썽 많은 나들이였지만
뒤이을 가지들의 길을 터준

꽃눈 속내

환절하면 떠오르는
눈 시리고 가슴 아린
봄의 첫 파편들

그루터기에 수북이 자신을 저버리고
다음을 마련한다

디바_{Diva}*

천상의 목소리로
찾아오는 그녀

혼자된 나를
단숨에 무아無我에 빠뜨리고

카랑카랑한 전율의
끝자락으로 떨어뜨려요

디바!

이게 그녀에게
푹 빠진 까닭이에요

감정의 밑바닥에 머물렀던
어린 시절

외따로움 뿐인
슬픈 목소리를 모아

당신께 드려요

나의 음계를 타고 당신의 목소리로
영혼을 노래해 주세요

소곤소곤 ~ 토도독 톡톡
치닫는 소리

새싹 같은 노래가
하늘에 닿아요

* 라틴어의 여신(女神), 최고의 고음 coloratura를 낼 수 있는 여성 스타 성
  악가의 뜻.

이파리 반짝 깨어나

끝물 개망초

앳된 눈으로
햇볕에 손 내미네

그늘진 몸
잔뜩 움츠리고
빠져나가려 하네

바람에 고개 꺾여도
뿌리는 그대로인데

양지 비탈 길고양이
게슴츠레 한낮에 누워
그림자는 늘어지는데

간밤 무서리에
소름 끼치던 몸뚱이

이파리 반짝 깨어나
늦가을을 비벼대고 있네

산기슭 개망초

마지막 꽃 피우려
안간힘을 쓰네

사막의 장미*

노을을 바라보며
서서히 어둠의 자리를 펴요

폭염의 심술궂음 한낮으로 그려 놓고
이젠 바람을 불러야 해요

고기압에 메말랐던 수많은 날들,
모두 살리려면 폭풍의 언덕에
어떻게든 오늘 밤,
뿌리를 내려야 해요

모래 바람결에 따라 어둠의 꽃으로 피어나는
나는 사막의 장미

지난밤 너무 추워
모래 송이들끼리 부둥켜안고
모래 폭풍을 견뎌냈어요

무모하리만큼 탐스럽게

가시까지 돋아가며 피워낸
바람과 모래의 사랑이었지만
지금은 서릿발처럼 시무룩이
아침 햇살을 맞이해요

자연의 조화가 빚은
언제 사라질지 모를
신기루 같은 사막의 석화石花

나는 카타르 박물관으로 환생하여
영원히 살아있어요

※ 아라비아 사막의 모래 폭풍이 만들어내는 장미를 닮은 모래의 응결체로
   사막의 장미(sand rose)라 불림.

굴레를 벗고

북한산에 있던 어느 가을, 푸른 눈에 이끌려 미 동북
부로 가게 되었어요 연구실과 묘판을 오가는 개종에서
도 수수꽃다리라는 걸 잊지 않았어요 비록 깨끔했지만
보랏빛 향 짙은 라일락으로 진화한 나, 수수꽃다리는 미
스 김 라일락*으로 다시 태어났어요 칠십 년 만에 서소
문 역사공원에 와서 영원히 살아 있는 성인 성자들을 만
나게 되었어요 이제부턴 신앙의 뿌리를 내려 곁에 누운
노숙자 예수**를 위해 육신의 고통이 사라지고 영혼이
살아나게끔 기도하려 해요 소외의 이불을 걷고 볕을 쬐
는 배경이 되려고 해요 지난했던 굴레를 벗고 서로는 우
리가 될 거예요 하나가 되어가는 풍경 이제 영원한 삶이
아른거려요

* 1947년 미국 엘윈 미더가 개종. 서울 근무 중 타이피스트의 성을 따서 미
  스 김 라일락이 됨.
** 마테복음(25. 34−40)을 묵상하며 2013년 티모시 슈말츠가 제작한 조각상.

3부

헌책방에서

헌책방에서

골목을 헤집던 바람이
침침한 간판 따라 지하로 들어간다

시대에 떠밀린 보금자리
어스름한 진열대엔 글 곰팡이뿐
신작은 어디에도 보이지 않는다

적막만이 유일한 책방은
유턴할 기회마저 포기한 듯
아예 손을 놓고

지나는 길에 들른 호기심을
뚫어지게 쳐다보는 빛바랜 글들

풀리지 않은 삶의 방정식처럼
어지럽게 손때가 묻어있는
그렇지만 완성 없는 시간 앞에서
마냥 대기 중인 책들

르네상스를 꿈꾸던
'옥타비오 빠스 평론집'과
아기를 업은 '철없는 장모님'이란 시집이
나를 자꾸 쳐다본다

어릴 때 청계천 불어 사전은
아직도 옹알이 중인데
시대는 음습한 지하에서
하염없이 늙어가고 있는 것이다

나는 오늘 헌책방에서
소외된 글에게 볕을 쐬어주면서
불통의 벽을 잠시라도
허물어뜨리고 싶다

양미리가 많이 나면

'양미리가 많이 나와야
여러 사람이 살아나요'

어려서부터 학교를 보내주던
뜸했던 덕장이 느닷없이 돌아왔다

밀려드는 양미리에
때도 훌쩍 넘기고
바다를 엮는 일손들

오랜만의 풍어로
마이너스 통장이 기지개를 한다

파드득대며 꼬리치자
애가 돌아온 듯 웃음꽃이 피고
애지중지 해풍을 쐬어주니
제법 때깔이 살아나고 있다

잡히고, 엮이고, 말리며

손이 닳도록 다독거린 두름들로
꽉 들어찬 건어물 가게가
값 떨어져 울상인 바다를
박리다매로 달래고 있다

아침부터 알배기처럼
손님이 들어찬 식당에는
잘 조려진 바다가 입맛을 당기고
덤으로 팔려가는 양미리들

한적하던 포구에
알음알음 겨울 별미가
꿈을 살리고 있다

엎치락뒤치락

1

육지를 그리워하던 어선이 공원 한쪽에 자리를 잡았다
수평선을 내려놓고 꿈을 꾸고 있는 통발이 항해일지는
사라지고 '성진호'라 쓴 글씨와 팔랑개비를 닮은 스크루
로 봐서 연안 출신이라 추정할 뿐 산책하는 어느 누구도
멀지 않은 고도孤島에서 숨어 살다 온 사실을 알 리가 없
다

밑 빠진 선창에는 잡어들의 혈흔만이 희미하고 뱃머리
에는 자잘한 고기들이 암벽화처럼 박혀 잠자는데 조개
들이 파먹은 압류딱지만이 오래전 육지를 떠났던 흔적
을 말해주고 있다

시효완성으로 살아남은 두 번째 삶

폐선, 심이 펴졌다

2

'속도는 오직 시간이다'라며 백미러는 없애고 액셀러레이터만 썼던 날을 돌아보는 폐타이어가 강물에 떠내려가고 있다

　모든 것을 내려놓은 듯
　바람과 물결의 훼방도 아랑곳하지 않는 심사

　편마모된 생의 좌표로 넓은 세상으로 달려가기에는 모든 것이 부족하지만 돛단배처럼 느긋하게 물길의 하루와 부딪고 있다

　두렵지만 꼭 닿아야 할 그곳

　바다, 폐타이어의 오랜 꿈이다

해봤어?

미래를 향해
끝없이 달려가던 시간들

시간을 가로막는 길 앞에서는
돌아가는 길을 찾기도 하고

시간이 끊긴 길에 들어서는
뒤를 돌아보며
오지 못할 길이었는지를
따져 보기도 하였다

그러나 누구도
미래로 가야 한다는
의지를 꺾지는 못하였다

산이 끊기면
돌무덤을 쌓아 잇고
강이 머뭇거리면
물길을 북돋아 늘려

쉼 없이 나의 길을
갈고 닦아왔다

무모하리만치 모험을 하며
구경꾼들의 빈정거림에는

'해봤어?'

고비마다 깃발을 세우고
나의 길을 걸었다

이젠 지켜볼 때

한때는 한 뿌리에
매달려 살다 흩어졌던
올망졸망한 것들

흰콩은 메주로
검은콩은 밥으로 가고
남은 콩들이 두부가 되겠다고
맷돌을 돌아 나와
분신粉身을 시작한다

비지가 걸러지고 남은
콩의 영혼들

우유가 된 듯
끓는 가마솥을 부글대더니
간수의 한 술에
서로 눈치 보기 바쁘다

떨떠름하니 겉돌다

실마리를 들고나와
서로 엉기는 콩물들

콩가루 같더니 새삼
순두부로 태어나고 있다

'이제야 두부가 되려나'

'제들끼리 알아서 뭉쳐요'

간수의 늘어진 참견에
시간이 끼어든다

찬란한 끝을 위해

거북이 등짝이 되도록 살아온
인생이란 마당

그 모서리에 있는 듯 없는 듯
남은 길을 어기적대는 시간이 있다

한때는 세상을 가득 지고
시간을 따르느라
발길을 재촉했지만

이젠 굳을 대로 굳은 몸으로
물러질 대로 물러진 길을
완주하려는 것이다

누가 말했을까
거북이 등짝이 다이아몬드가 될 거라고

한 발짝 뗄 때마다
등은 갈라지고 풍요의 물은 사라져

시린 몸이 굳어가면서도
마당을 굳건하게 다져
영혼이 깃든 터전으로 만들어가는
심지 깊은 생

시간이 갈수록 그의 역정은
빛나는 전기傳記가 될 것이다

저기 그림자뿐인 달팽이가
집을 이고 땡볕을 핥아가며
길을 건너고 있다

그 어딘지 모를
찬란한 끝을 위해

생뚱맞은,

저녁마다 나오는
실내에서 뛰지 않기
베란다에서 담배 피우지 않기
관리사무소 여직원의 꾀꼬리 같은 목소리가
오늘도 여전하다

'어쩜 목소리가 저리 고울까'하고
몇 번 지나갔다

아침 공원을 산책하는데
마스크는 코와 입을 완전히 가리고
애견은 목줄 착용과 배변 봉지를 꼭 지참하라고
안내 방송이 나온다

'어쩜 목소리가 저리 고울까' 하는데
아참!
집에서 듣던 목소리였던 것이다

집에 돌아와 이야기를 하니

고운 목소리를 빌려 방송하는 것이란다

허허! 감쪽같이
순간, 디지털 시대를 깜빡하고
살아왔음을 깨닫게 된 것이다

글처럼 목소리까지 바꿔
맛깔나게 사는 세상

그럼 내 시집도
고운 목소리를 빌려
어물쩍 내놓으면 어떨까 하고
생뚱맞은, 생각을 해본다

도심의 벌집

한낮에는 축 늘어져
오지 않는 잠을 자고

사무실 퇴근에 맞춰
패스트푸드 가게에서 한 타임 뛰고

다시 카페로 가 일하다가
강 건너 아파트 숲을 힐끗 바라본다

저기가 영끌* 해도 힘들다는
따듯한 남쪽나라란다

두세 타임 알바로는
꿈에도 생각 못 할 건너 동네
지금 집세 내기도 벅찬
인생의 황금기가 허탈할 뿐이다

부정을 부정하면
긍정이 된다는 수학방정식이

인생 방정식에는 맞지 않는가 보다

일당 몇 푼 쥐고
다시 강 건넛집 근처로 온다

한여름 밤
가로등이 깊어가자
도심의 벌집이 잉잉거린다

여왕벌도 없는
게딱지만 한 방에 들락날락하는
일벌들

포장마차에 들어
회한과 좌절을 연거푸 들이켜고
벌집으로 가야 한다

아무도 반기지 않는
영혼 없는 날을 위해

※ '영혼까지 끌어모은다'를 줄인 말. 빚내서 투자한다는 '빚투'의 또 다른 표현.

인생 김장

어릴 적 김치가 되어
겨우내 밥상에 오르던 김장 배추

귀뚜리 울음에 어머니가
얼른 다 자란 여름을 갈아엎고
종묘상엘 다녀왔다

구들장 손보듯
밭두둑을 고른 다음
씨앗을 놓고 흙을 얇게 덮어
토닥토닥 대던 손길

당치지 않고 똑 고르게
싹이 나고 잎이 나고 뿌리 내리자
곧바로 소쿠리가 나섰다

'될성부른 건 떡잎부터 알아본다'고
뒤처지는 놈만 솎아
나물로 무쳐냈던 당신

열무는 여름철
웃자란 거부터 김치를 담갔지만
김장은 실한 놈을 기르는 밭농사였다

자식 농사도 생김새나 성격이 똑 고르지 않으니
끼를 살려야 한다는 것

어머니는 늘 삼 형제에게
맛깔스런 김장감이 되라고 했다

어릴 때 진딧물을 이겨내고
톡 쏘던 김치 맛은 가슴에 남아있는데

나의 인생 김장은 아직도
풋내 나는 겉절이 같으니
삭히고 또 삭혀야 할 미완성인가보다

물골

1

붕어를 잡겠다고 수초를 훑어가며
몰이하던 어린 시절

이따금 돌부리라도 만나면
덜 자란 눈썰미로 툭툭 건드려 보았지만

약삭빠른 놈은 도망치고
멍한 놈만 떠올라 파닥대는

물길을 맴돌던 그물은
굽이진 모퉁이에서 배고프게
하루해를 보내곤 했지

2

봄 냄새 맡고
밀물 따라온 뱀장어 새끼들

실치처럼 투명한 속살이 둥둥 떠다니면
이를 덥석 삼키는 산란기의 잉어들

밀물과 썰물에 이골 난
통 큰 놈이 공중제비를 하더니
쏜살같이 물골을 빠져나가고 있었지

강물로 떠밀리던 그물도
부랴부랴 진 치며 때를 엿보고

낮달이 졸며 잦아든 여울목에서
돌아가지 못한 월척 한 마리
그물에서 펄쩍 뛰고 있었지

물골도 바닥을 보이며
세상일이란 모든 게 간발의 차이라고
나지막이 얘기하고 있었지

세상을 바로 보려면

세상을 바로 보려면
세상을 떠나봐야 알 수 있다는데
아직도 고갯길을 오르락내리락하고 있다

엊그제까지 평탄하던 생이
갑자기 나락으로 떨어지는가 하면
끝이 없을 것 같던 어둠도
한낮 실낱같은 빛에 살아나는
얄궂은 운명

이 모든 것은 시간이 지배하면서
길 위에 놓인 자신의 생이
잠시 홀대받기도 하지만
시간을 초월해 회자되기도 하는 것이다

그러면 누가 누구에게 먼저 세상을 떠나보고 와서
이 세상을 보라는 것인가

제 눈높이에서 절상과 절하를 거듭하는

저세상의 빛깔들

'죽을 뻔했어' 하면서도
이 순간을 살아내야 한다는,
그렇지 않으면 세상 밖을
돌아올 수 있을 만큼만 돌아보고
이 세상을 바로 보며
살아가야 한다는 것이다

저기 내 앞으로 다가오는
나 같지 않은 생
이별의 끝은 언제일까

오늘도 시간에 붙박인 생이
프리즘처럼 여울질 뿐

다문화 국화

　더운 나라 큰 애는 뒤에 앉혀 너그럽게 가꿔줍니다 추운 나라 자그만 애는 앞에 세워 꿈을 키워줍니다 새침데기는 가운데로 밀어 꽃밭에 생기를 불어넣어줍니다

　숨바꼭질하듯 이어지는 한여름 밤의 둥지 틀기 이제야 뙤약볕에서 그을린 얼굴을 서로 부비며 이슬을 나눕니다

　찬바람에 부푸는 꽃망울들 가무잡잡한 얼굴에 깨끔하니 꽉 들어찬 웃음 토종의 멋과 향이 어우러진 다문화를 활짝 꽃 피웁니다

　알록달록 뽐내느라 햇볕 놓고 티격태격 하지만 누가 뭐래도 꿋꿋하게 살아갑니다

4부

강으로 간 펭귄

강으로 간 펭귄*

영혼은 빙하에 잠들고
동물원에서 빈둥거리던 겨울

주는 냉동 먹이만 먹다 보니
삶이 무료해졌습니다

스크럼을 짜고 발을 구르면서
추위에 대들었던 극한의 순간들
회오리처럼 중심에 들어 번갈아 몸을 녹이던
매섭던 눈보라가 그리워졌습니다

지금은 무대에서 원맨쇼 하듯
눈만 껌벅이는 인공 눈[雪]에 붙박인
나, 황제펭귄
설원의 바다 그리워
가까운 한강으로 나갔습니다

빙하 대신 온난화가 준
어중간한 살얼음판

그런대로 사람들과 사진도 찍고
개들과 장난도 칩니다
고향만은 못하지만 풍덩 뛰어들어
물장구도 쳐 봅니다
점점 발갛게 변해가는 살갗을 보면서
언제까지 이렇게 살아야 하는지…

썰물 타고 눈보라 치는 빙원으로
돌아갈 수는 없나요

몸살 난 지구지만
23.5° 기울기로 차분하게 돌아
그리운 남극대륙
그 옛날로 꼭 보내주세요

* 한강철교 근처 예술공원에 설치해 놓은 조형물.

마스크 인생

봄! 봄이 왔다고 아무리 불러도
거들떠보지도 않는 마스크 행렬
무표정하게 앞만 보고
제 길만 서둘러 간다

새로 나온 코로나19가
사람끼리 만나지 못하게 하고
혼자 살아보라고 하니
그만 발이 묶인 사람들

밥은 시켜 먹고 모임은 거북하고 결혼식은 뜸하니
이제 인류문화가 역류하려는가

사람과 거리를 둬야하는 지금
바람만이 거리를 누비고
심심해진 산수유가 노란 꽃망울로
지나가는 마스크를 유혹한다

터질 듯 말 듯 꽃부리를 내보이지만

알쏭달쏭한 눈빛만 보내고
총총히 사라지는 일상의 그늘

말도 못 하고 숨쉬기도 겁나는
지금이 빨리 갔으면
마스크에 봉인된 악몽을 떨치고
북적거리는 날이 어서 왔으면

잃어버린 봄날
마스크 인생들이 전철에 매달려
어디론가 출근을 한다

테두리만 남은,

바람 빠진 자전거가
돌개바람이라도 만나길 바라며

길 잃은 핸들과
테두리만 남은 앞바퀴로
어기적대는 길

뒷바퀴는 오래전
장거리 코스에서 쓰러지고
체인 빠진 페달만 헛돌고 있는

서로 밀고 당기며
그래도 힘들면 기어를 써
언제까지고 달려가자던
그 약속
어이없게 시간에 다 내주고
허수아비가 된 늘그막

오늘도 땅거미 지도록

뒤범벅이 된 과거를 중얼거리며
마지막 고갯길에서
실랑이를 하고 있다

지난날도, 앞으로도
바람 빠진 삶만 이어지는
동행의 끝자락

지난했던 자전거가
먼저 손을 놓는다

투구게의 위기

인간 질병의 희생양이 된
바닷게가 사라질 위기에 놓였다

푸른 피를 가졌다고
백신의 리트머스 시험지 역할을 하던
보기 드문 갑각류

온갖 증후군에 맞서
임상실험에 끌려가는 생물이 가엾기만 하다

사람에게 귀족 대접을 받던 투구게

자신은 온몸을 투구로 감싸고
먹이사슬에서 살아남으려 했으나
코로나19 백신 개발에 가수요까지 겹쳐
이젠 개체 유지조차 힘든 벼랑 끝

실험실에 피를 다 빼앗기고
다시 바닷물에 돌아와서는

제대로 살지도 못한다니…

냉동 박테리아가 깨어나
하등에서 고등 동식물에 이르기까지
생태계를 뒤흔드는데

아직도 불을 너무 쓰는 인간들
오늘도 지구를 뒤집고
욕망을 끝없이 제련하고 있다

지구 온난화로 다가온
멸종의 위기도 모른 채

□□ 증후군 시대

1

바람만 불어도 온몸을 에이는
복합통증증후군CRPS

끔찍한 교통사고의 전율이 온몸을 휘젓는데
할 수 없이 붕대만 감고 있다

문명의 이기가
이름 모를 증후군을 만들어냈다

2

스치기만 해도 폐를 파고드는
코로나19 변종, 오미크론Omicron

바이러스가 거리를 누비는데
마스크만 쓰고 있다

산업의 발달이
거리두기 증후군을 만들어냈다

3

노동의 유연성을 빌미로
새로 나온 임금피크 제도

나갈 데는 없고 임금은 줄어
퇴직금 정산하고 기간제로 있다

불안에 떤 11개월
불면의 증후군을 만들어냈다

4

일할 기회를 놓치고
집에서 강아지와 살던 젊은 세대

반려동물이 죽고 시름은 깊어져
사회로 되돌아오게 하였다

자리 못 잡는 생
반려동물 상실 증후군을 만들어냈다

5

21세기에 사라지고
새로 나타나는 병들

변종 바이러스들이, 마음의 병들이
경고를 보내는데 물음표만 들고 있다

진화하는 병들이 연신
□□ 증후군을 만들고 있다

세대교체

초원 지나 아스라이 민둥산에 구름이 걸려있다 풍경에 끌어들이려 뒷걸음질하는 성찰의 눈 그의 망막에는 고달픈 과거들이 쟁여져 있다 타들어 가는 초원에서 생존 경쟁의 주인공이 되기까지 살아온 길은 살벌 그 자체였다 물 한 모금 먹으려다 늪에 빠져 혼쭐이 났어도 운명이려니 초원을 떠나지 못했다 아무리 큰 시련이라도 한 발 뒤로 물러나 보면 살아날 구석이 있다는 것을 한참 후에 알았지만 아무리 노력해도 부족했던 일밖에 모르던 세대 어느 날 듬직하던 어깨가 무너지고 달아오르던 인생 역정은 내리막을 타고 말았다 아직도 구름들은 산에서 머물고 있는데 속이 타들어 가는 초원 가뭄지수가 올라가고 비는 멀기만 하다 다시 마음을 다잡아 시간의 구석을 파고들어 본다 하늘만 쳐다보던 기우제 시대가 물러나고 모바일 날씨 앱이 단비를 몰고 왔다

몸부림치는 말

우리는 만날 때부터
눈빛으로 이끌렸어요

앞서가는 마음, 눈으로는 다 할 수 없어
속말을 트게 되었지요

멀리 떨어져 있을 때는
그리움을 에둘러 글로 썼지만
상큼한 맛이 별로였어요

어떻게든 만나려 자가격리하다가
마스크로 가리고 노천카페에서 만났지요
처음처럼 눈으로만…

하지만 너무 궁금해 말을 꺼냈는데
자꾸 쉿쉿쉿! 하니
달아오르던 감정도 돌아서고 말았어요

어렵게 이뤄진 만남이

로봇처럼 뻣뻣하게 끝나버린
코로나에 묻힌 날이여

만나도 말이 쉽지 않으니
글로나 만나야 할 세상
우리도 다음부턴 감칠맛 나게 글을 담가
비대면으로 말할 거예요

이젠 동창회고 뭐고
이모티콘으로 차려놓고
다들 카톡! 카톡! 하며
글 잔치를 하잖아요

그러니 맘대로 나다니던 말도
인터넷에서 글을 차려입고
밤낮 몸부림치고 있지요

믿기지 않던 말

불의의 사고로
코뼈가 깊이 골절되어
수술을 받고 병상에서 회복 중

간호사가 왼팔 핏줄에
해파린 캡이란 투입구를 꽂아놓고
하루에 한 번 항생제를 투여했다

처음엔 잘 몰랐는데
코를 거즈로 막아 버렸는데도
진한 약물 맛과 향이 느껴졌다

뜬눈으로 지새운 새벽 6시
간호사가 항생제를 놓는다

주사기에 힘이 들어가자
약물이 혈관으로 빨려들면서
2초나 지났을까 입안에
쓴맛이 확 분사되는 것이다

나는 소스라치고

사람의 혈관이 12만Km나 되고
피가 한 바퀴 도는데 46초 걸린다고 하는
믿기지 않던 말

이 우주에서 빛 다음엔
몸속의 피가 제일 빠르다는 것을
불행 중, 이참에 깨닫는다

비오톱Biotope*

옹기종기 모여 앉은
봄 동산의 얼굴들

초롱꽃 함초롬히 내걸리면
시샘 많은 매발톱이 튀어나와
종일 휘젓고 다닌다

출생 비밀이 밝혀지지 않은
부레옥잠은 누울 자리 달라고
물갈퀴를 연신 내밀고

뒤란의 억새는
한여름에 큰소리치려
이파리를 칼날처럼 갈고 있다

약삭빠른 닭의장풀이 납작 엎드리자
쇠뜨기는 두더지 모양
땅 깊숙이 웅크리고 있다

꾀 많은 비비추는 출생 증명서를 펴면서
자기도 끼워 달라 애원을 한다

티격태격해도 자연 부락이 되어 살아가는
비 오는 봄날의 비오톱

청개구리까지 찾아와서
온 동네가 씨앗을 뿌려가며
생명의 땅을 일군다

＊ 그리스어로 생명을 뜻하는 비오스(bios)와 땅 또는 영역이라는 의미의 토
포스(topos)가 결합한 용어. 군집을 이루고 있는 서식지, 최소한의 자연생
태계를 유지할 수 있는 생물 군집 서식지의 공간적 경계를 말함.

뚜께우물*

두레박을 타고 나와
대지를 골고루 축여줘야 할
우물물이지만
넘쳐 흘려버릴망정
세상에 나가 보지도 못하고
바로 스며드는 물이 있다

긴 칼이 허공을 가르며
신도를 처형하는 날

마른번개에 천둥벼락이 떨어져도
우물 뚜껑을 열고, 쓱싹쓱싹
피비린내에 미친 망나니는
기어코 장칼을 벼린 것이다

땅 깊숙이 태어나 십자가를 향해
생명수가 아닌 죽임수로 나왔던
우물물

그날의 악몽을 꿈꾸며
죽어서도 영원히 사는
성인 성자의 깊은 신앙

그 용서에 감복해
어둠과 날 서는 소리를 보듬고

오늘도 뚜께우물은
더 낮게 더 깊은 성찰의 길로
흘러가고 있다

※ 서울 서소문 역사공원에 있는 우물로 천주교 박해 때 망나니들이 칼날을
  벼릴 때 사용하였다고 함.

숫눈

초롱초롱한 눈빛
대륙성 하늘 아래
난 너무나도 해맑았어

손 타지 않은 풍경에서
번갈아 주인공이 되어가며
맘껏 살아왔어

자작나무로 침엽수로
눈꽃 세상을 활짝 피우던
허나 남들이 가지 않은 길 찾느라
언제까지나 외로웠던 날들

바람결 따라 포근하고 찬 기압골을 오가며
움츠러든 싸락눈이 되기도 하고
벙그레 함박눈이 되기도 했지

시간과 온도에 맞춰
순백의 모습을 바꾸기도 했지만

나의 본질은 물에서 물로 이어지는
무無의 세계

하지만 잠깐 산다고 가만있진 않아
하늘이 부른다면 기꺼이
바람 타고 갈 거야

내가 곧 자연이니
뽀드득뽀드득 자박자박

첫눈보다 깊고 포근하게
그 시원始原으로

꿈꾸는 호야

동천冬天을 에돌아가는
너를 창가에서 바라봐요

한동안 잊고 지냈던
너는 나의 빛

깎아지른 벼랑에서
오직 너만을 바라보며 살아온
지난날이 있어요

나는 곧잘 광합성光合成 되어
덩굴로 하늘을 타고 올랐지만
밤에는 별과 함께
느슨히 숨을 고르곤 했어요

하지만 어느 날
끈질긴 비바람에 벼랑은 무너지고
몸은 산산조각이 났지만

다행히 어느 열차에 묻어와
건널목에서 있는 듯 없는 듯
다육多肉 체질로 살아났어요

그제야 밤이면 외로워지는 슬픔
내 맘엔 고독과 그리움이
별처럼 알알이 틀어박혀
그만 옹이가 되었어요

야간열차들이 흘려버린 그리움들도
이젠 추억이 되어버린

철길에서 외따롭게
별밤에 속삭이듯 피워낸
내 마음의 꽃

그간 하고 싶던 말을
별 꽃술에 별 꽃잎으로 겹겹이 엮어
꽃차례로 피워냈어요

네가 잠든 이 밤
어려웠던 날이 견딜 수 없어 하니
막차라도 타고 가
안기고 싶어요

오늘도 꿈꾸는 나는
너의 호야

해설

눈보라 속, 봄을 품고 있는 삶의 무늬

호 병 탁(시인 · 문학평론가)

1

시집을 열면 우선 「나의 지문은 언제 완성될까—서시」
라는 첫 번째 작품이 눈에 들어온다. '서시序詩'라 하면 시
집 첫머리에 위치한 '머리말'에 해당하는 작품과도 같다.
따라서 시집 작품군의 전체적 향방을 가리키는 함의를
가지고 있는 작품으로도 볼 수 있을 것이다.

　등고선을 오르듯
　열 달 내내 굽이진 언덕배기

　열 손가락 세상에
　엄마의 산고가 각색된 길이
　오밀조밀하게 들어 있고

열 손가락은
'엄마의 은혜를 기억'하며
따로 노는 듯, 같이
세상의 중심에 서려
내내 한 몸이 되었던 것이다

때로는 불에 뭉개지고
물에 불어 세상 밖으로
끝 모르게 떨어졌던
아슬아슬한 인생길

손금을 따라
말도 탈도 많던 고갯길이
이제 더는 없다

돌아갈 수도 없는
막다른 골짜기에 놓인
나의 지문은 언제 완성될까

갈수록 희미해지는
옹이박이 같은 인생 역정
그 길에 불을 지피려
오늘도 아깃적 눈으로
세상을 읽는다
　　　　　－「나의 지문은 언제 완성될까－서시」 전문

시는 "등고선을 오르듯/ 열 달 내내 굽이진 언덕배기"에 "엄마의 산고가 각색된 길이/ 오밀조밀하게 들어 있다"며 문을 열고 있다. '등고선等高線'은 일정 해면으로부터 같은 높이에 있는 지점들을 연결한 선을 말한다. 이 선은 경사가 가파른 곳을 가리키기도 하고 완만한 곳을 가리키기도 한다. 따라서 이 선은 당연히 휘어지고 "굽이진" 것이 될 수밖에 없고 또한 이 선을 따라 오르는 길도 마찬가지로 "열 달 내내 굽이진 언덕배기"에 다름없을 것이다. 그런데 화자는 이 선 위에 "엄마의 산고가 각색된 길"이 들어서 있다고 말한다. "등고선을 오르듯" 휘어서 굽은 길과 엄마의 산고는 무슨 연관성이 있는가. 고개를 갸웃하며 다음 연으로 시선을 옮긴다.

갑자기 "엄마의 은혜를 기억"하는 "열 손가락"이 등장한다. 그리고 화자는 그것이 "따로 노는" 것 같지만 "내내 한 몸이" 되어 세상을 살아왔다고 말한다. 맞는 말이다. 각 손가락은 따로 움직이지만 결국은 "한 몸"의 일부분에 불과한 것이 아닌가. 그럼에도 '경사진 굽은 길'과 '엄마의 산고'와 '열 손가락'은 서로 어떤 관련성을 갖는 것인지 우리는 그 유기적 객관성에 의문을 갖게 된다. 우리는 서로의 상관관계에 대한 시인의 개연적 설명을 기대하며 다음 연으로 다시 시선을 돌린다.

손가락은 "때로는 불에 뭉개지고/ 물에 불어"지기도 하며 "인생길"을 견뎌왔다. 또한 "손금을 따라/ 말도 탈도 많던 고갯길"을 걸어왔다. 수긍이 가는 말이다. 뜨거운 것이든 차가운 것이든 가장 먼저 접하게 되는 것은 '손가락'이다. 여기서 "손금"이란 어휘가 특별히 주목된다. 손바닥에 있는 줄무늬를 말하는 '손금'은 예부터 사람의 운수·길흉을 헤아리는 중요한 장치로 사용된다. 즉 화자가 언급하고 있는 "인생길"을 제시하고 있는 선線으로 간주하고 있는 것이다. 갑자기 시제「나의 지문은 언제 완성될까」에 나타나는 "지문指紋"이란 어휘가 눈에 꽂힌다. 손바닥과 손금, 손가락과 지문은 모두 '손'에 있는 것으로 서로 깊은 관련성이 있다. 이제야 제각기 등장한 지금까지의 여러 어휘들이 서로 유기적 개연 관계에 위치하고 있음이 드러나기 시작한다.

'지문'은 손가락 끝마디 안쪽 피부에 있는 무늬를 말한다. 이 손가락 무늬는 사람마다 각각 다르며 일생 동안 변하지 않는 특징을 가지고 있다. 출산하기 위해서는 "열 달"의 산고를 겪어야 한다는 것은 누구나 아는 사실이다. 세상에 하나밖에 없는, 어느 누구와도 다른 내 "열 손가락"의 지문은 바로 "엄마의 산고" 끝에 얻어진 것이고 이는 전적으로 "엄마의 은혜"에서 비롯된 것이 아닐 수 없다. 이제 우리는 연결고리 없이 각 연에 파편처럼 흩어져 있던 '열'이라는 숫자와 '엄마'라는 말들이 서로 개연적 상관관계가 있음을 간취하고 작품 전체의 맥락을 이해하게 된다. 그렇다. 우리는 '엄마'가 '열 손가락'에 만들어준 지문의 제시에 따라 "되돌아갈 수도 없는" 인생길을 지금까지 살아왔다.

그러나 의외로 화자는 작품 말미에서 자신의 지문은 아직은 완성된 것이 아니라고 보고 그것이 "언제 완성될까" 스스로 묻고 있다. 이 질문은 손금과 지문이 가리키는 운명의 향방에 순응하고 체념하지 않겠다는 자세를 보여주고 있는 말이다. 실상 어느 누구도 자신의 미래가 어떻게 전개될지 정확하게 알 수 없는 것이 사실이다. 비록 지문이 그것을 가리키고 있다고 해도 말이다. 그래서 화자는 〈시인의 말〉에서 "나는 다시/하던 길로 들어" 서지만 "어디로 튈지 모를/ 나의 우주여!"라고 토로하고 있는 것은 아닌가. 이때 '나의 우주'는 자신의 시 세계를 의미할 것이다. 시인은 이 글에서 "고뇌와 번민의 숲"에서도 "망초 꽃 한 송이 피워낸다"고 말한다. 망초꽃은 여름철 시골의 길가나 강둑에 군집을 이루어 피는 흔하디 흔한 꽃이다. 자신의 작품을 망초에 비유하는 시인의 겸손한 자세가 돋보인다. 그러나 사람들이 하찮게 여기는 꽃이지만 무리 지어 흔들리는 이 꽃은 얼마나 아름다운 고국의 서정을 연출해내고 있는가.

시인은 고뇌와 번민 속에서 살고 있지만, 즉 "옹이박이 같은 인생 역정"을 보내고 있지만 바로 이런 꽃 한 송이 피워내고자 "그 길에 불을 지피려"하는 결기가 있다. 그래서 그는 "오늘도 아깃적 눈으로/ 세상을 읽는다"라며 작품을 마감한다.

시 마지막 행의 "아깃적 눈"이 눈길을 끈다. 이 눈은 바로 "엄마의 산고" 끝에 세상에 나왔을 때의 순수하기만 했던 그 눈이 아닌가. 시인은 바로 이런 '아깃적 눈' 그대로 세상을 보고, 느끼고, 읽음으로써 비록 화려하지는 않지만 곱고 소박한 한 송이 꽃을 피우고자 한다. 우리는 이제 시제「나의 지문은 언제 완성될까」라는 질문에 담긴 함의를 수긍하며 절로 고개를 끄덕이게 된다.

2

나는 위 작품의 초입을 독해하는 과정에서 시인이 견인한 어휘들과 그것들이 이루어낸 문장들이 서로 어떤 상관성을 갖게 되는지, 그 유기적 객관성에 의문을 갖고 어려움을 느꼈다고 토로한 바 있다. 그리하여 그 연결고리를 찾기 위해 시인의 개연적 설명을 기대하며 눈길을 절로 다음 연으로 돌렸다고 부언하기도 했다. 그러나 독서 과정에서 우리는 파편처럼 흩어져 있던 어휘와 문장들이 서로 개연적 상관관계로 얽혀져 있음을 알게 되었고 이런 글쓰기 스타일은 실상 시인의 면밀한 의도와 기획 안에서 창출된 것임을 또한 이해하게 된다. 이제 '서시' 다음으로 등장하는 작품을 보자.

부딪다 웅크렸다
한 마디씩 허공으로 낸 길

새순에는

솜털 같은 바람에도 꼭 보듬었다
가지가 제법 반듯해지면
맘껏 풀어주며 여기까지 왔다

환절마다
삶은 표정을 바꾸고
불쑥 옹이가 덧나면
얼른 잎을 떨고 멈춰서야 했다

짧아지는 햇살에
마디마디 굳은살로 버티는
지난한 길

아무리 빛과 온도, 바람이 흔들어도
한결같은 나이테가
너무 장하다

나는 아직 겨울 앞을 주춤대는데
눈보라 속에서도 기꺼이 봄을 품은,
떨켜 있는
생살박이 삶

내려놓고 기다릴 줄 아는
삶의 무늬가
너무 부럽다

-「떨켜 있는 삶」 전문

작품 첫 연에는 "허공으로 낸 길"이 등장한다. '길'은 일반적 통념상 사람이나 짐승이 한 곳에서 다른 곳으로 오고 갈 수 있게 된 땅 위에 뻗은 공간적 선형線形을 말한다. 새나 비행기가 다니는 '허공의 길'도 있을 수는 있다. 그러나 그런 허공의 길도 "부딪다 웅크렸다/ 한 마디씩" 가는 길은 절대로 없다. 도대체 어떤 길을 말하는 것인가. 눈길은 절로 다음 연으로 향하게 된다.

둘째 연에서 화자는 그 길이 "새순에는/ 솜털 같은 바람에도" 꼭 보듬고, "가지가 제법 반듯해지면/ 맘껏 풀어주며" 달려온 길이라고 말한다. '새순'과 '가지'라는 새로운 어휘의 등장으로 우리는 확실하지는 않지만, 이 길이 사람이나 짐승이 오고 가는 본래의 구상적 실체로서 '길'이 아니라 식물인 '나무'의 성장 과정을 의미하는 비유적 길이 아닌가 짐작하게 된다. 시선은 다시 다음 연으로 향한다.

그렇다. "옹이가 덧나면/ 그때마다 잎을 떨어내고" 멈춰서고, "짧아지는 햇살에/ 마디마디 굳은살로" 버티는 삶을 살아야 했다면 그것은 확실히 '나무가 걸어온 길'이라 할 수 있다. 게다가 '옹이', '잎', '마디'와 같은 어휘와 함께 다음 연에 나타나는 '나이테'라는 말은 결정적으로 '허공의 길'이 나무를 의미하고 있음을 증거하고 있다.

그런데 화자는 "모진 바람이 흔들어대도/ 한결같은 나이테가/ 너무 장하다"고 나무를 상찬한다. 나무줄기를 가로로 자른 면에 나타나는 바퀴 모양의 나이테는 우리가 나이를 먹는 것처럼 해마다 하나씩 늘어난다. 그렇다면 매년 나이테를 늘리며 나무가 걸어온 "지난한 길"은 나무가 살아왔던 '삶' 자체를 의미한다. 맞다. '길'은 또한 삶의 여정을 함의하고 있는 것이 아닌가. 이제 허공으로 낸 '길'은 바로 나무의 '생'을 말하고 있음이 확실하다.

그 삶이 구체적으로 어떠했기에 "너무 장하다"고 상찬하는 것인가. 작품 마지막 부분에서는 아예 "너무 부럽다"고 '너무'라는 부사까지 연발하며 자신도 그렇게 되고 싶은 마음을 표출한다. 화자는 마침내 그 정확한 이유를 발화한다. 그것은 바로 나무가 "떨켜 있는/ 생살박이 삶"을 살고 있기 때문이다.

우리는 드디어 시제이기도 한「떨켜 있는 삶」을 대하게 된다.

'떨켜'는 낙엽이 질 때 잎자루와 가지가 붙은 곳에 생기는 특수한 세포층을 말하는 것으로 이 부분은 굳어져서 수분이 통하지 못한다. 이는 곧 죽음을 의미한다. 사실 푸르던 잎이 낙엽으로 떨어질 때는 그 잎은 생을 다한 것이다. 그러나 이 부분은 그 자리를 보호하는 '분리층'의 역할을 한다. 그래서 나무는 "눈보라 속에서도/ 기꺼이 봄을 품고" 있을 수 있는 것이 아닌가. 화자는 "내려놓고 기다릴 줄 아는" 삶을 사는 나무가 부럽다며 작품의 문을 닫는다.

우리는 작품의 독서를 수행하며 나무가 걸어온 길, 즉 '떨켜 있는 삶'에 대한 시인의 치열한 탐색을 인지하게 된다. 어찌 보면 시인은 이를 통해 '삶의 근원적 가치'를 추구하고 있는 것 같다. 그럼에도 작품에는 철학적 사유에 따른 어떠한 관념 언어도 보이지 않는다. 또한, 교훈이나 가르침을 제시하고자 하는 직접적인 발화도 없다. 이는 시인의 미덕이라 할 수 있다. 만약 이런 것들이 명시적으로 드러나면 드러날수록 작품의 호소력은 약해지고 문학성도 떨어지게 될 것이다. 시인은 '떨켜 있는 삶'에 대한 자연스러운 '공감의 교환'으로 이런 사항을 암시적으로 표출함으로써 오히려 삶에 대한 사유를 설득력 있게 증폭시키고 있다. 이와 관련하여 특별히 주목할 점은 독자들은 자신이 교훈이나 가르침을 받는 직접적 대상이 되는 것에 대해 본능적 거부감을 느낀다는 점이다. 직접적·명시적 표현에 대한 유보감은 인간 본연의 주체성과도 연관되는 것이다.

3

나는 작품 내의 어휘와 문장들이 서로 긴밀한 의미의 연결을 갖지 않아 어려움을 느꼈지만 차츰 그것들은 개연적 상관관계로 얽혀져 있음을 인지하게 되었고 이런 글쓰기 스타일은 실상 시인의 의도적인 기획에서 비롯되었다고 언급한 바 있다. 시인은 사물을 거울이 비추어 내듯 '있는 그대로' 객관적으로 묘사하는 리얼리즘적 자세를 취하지는 않는다.

　모든 문학 전통 가운데 리얼리즘만큼 생명력이 강한 것은 없다. 사라졌는가 하면 어느덧 불사조처럼 잿더미를 헤치고 다시 부활한다. 어찌 보면 모든 예술은 어느 정도 리얼리즘의 '재현'적 속성을 가지고 있다고 해도 과언이 아니다. 그러나 현대에 이르러서는 리얼리즘의 재현성 또한 배제되고 있는 것이 사실이다. 이들 작가의 관점에서 보면 모든 자연이나 삶의 실재는 고정불변한 것이 아니라 끊임없이 변화한다. 따라서 그것을 객관적으로 재현한다는 것은 불가능한 일이다. 이런 관점에 따라 종래의 시공간에 대한 전통적 사고는 버려진다. 시인은 작품 구성에 있어서 논리적 일관성이나 유기적 통일성을 배제한다. 대신 자신의 주관적 의식을 강조한다. 즉 자신만의 내부의식의 '위상과 특성'을 주시하며 이것들을 의도적으로 작품 안에 반영시키는 것이다. 다시 말하자면 외부 세계를 향해 들고 있는 거울을 향해 작가는 또 다른 자신만의 거울을 들고 있다고 할 수 있다.

　　영혼은 빙하에 잠들고
　　동물원에서 빈둥거리던 겨울

　　주는 냉동 먹이만 먹다 보니
　　삶이 무료해졌습니다

스크럼을 짜고 발을 구르면서
추위에 대들었던 극한의 순간들
회오리처럼 중심에 들어 번갈아 몸을 녹이던
매섭던 눈보라가 그리워졌습니다

지금은 무대에서 원맨쇼 하듯
눈만 껌벅이는 인공 눈[雪]에 붙박인
나, 황제펭귄
설원의 바다 그리워
가까운 한강으로 나갔습니다

빙하 대신 온난화가 준
어중간한 살얼음판
그런대로 사람들과 사진도 찍고
개들과 장난도 칩니다
고향만은 못하지만 풍덩 뛰어들어
물장구도 쳐 봅니다
점점 발갛게 변해가는 살갗을 보면서
언제까지 이렇게 살아야 하는지…

썰물 타고 눈보라 치는 빙원으로
돌아갈 수는 없나요

몸살 난 지구지만
23.5° 기울기로 차분하게 돌아

그리운 남극대륙

그 옛날로 꼭 보내주세요

－「강으로 간 펭귄」 전문

작품 도입부에서 "주는 먹이만 먹으"며 빈둥대다 보니 "삶이 무료"해진 동물이 등장한다. 자기가 직접 사냥한 것이 아니라 '주는 먹이'나 먹고, 하는 일도 없이 빈둥대며 산다니 시적 대상은 사람에 의해 관리되는 '동물원'에 살고 있을 것임이 틀림없다. 그런데 그 먹이는 '냉동된 것'이고 그 영혼은 "빙하에" 잠들었다는 것을 보니 이 동물은 추운 극지에서 왔다는 것 또한 쉽게 유추된다.

셋째 연에서는 이 동물이 "매섭던 눈보라" 속에서 "스크럼을 짜고 발을 구르면서/ 추위에 대들었던 극한의 순간들"을 겪었다고 설명하고 있다. 순간 우리는 시제 「강으로 간 펭귄」을 떠올리며 시적 대상인, 이 동물이 '펭귄'임을 간파한다.

남극 지방에서 떼 지어 사는 펭귄은 날개가 짧고 지느러미 모양이어서 날지 못한다. 대신 헤엄에 능숙해 고기·낙지·새우 따위를 잡아먹고 사는데 물 밖에 나와서는 여럿이 마치 "스크럼을" 짠 것처럼 뒤뚱뒤뚱 곧추서서 걷는다. 이런 펭귄에 대한 기초적 정보는 왜 그들이 "스크럼을 짜고 발을 구르면서" 추위에 대들게 되는지, 왜 "매섭던 눈보라가 그리워"지게 되는지 이해하게 해준다. 그러나 지금은 태어난 멀고 먼 남극을 떠나 "무대에서/ 원맨쇼 하듯 눈만 껌벅"이고 있다. 동물원에서 관객들의 구경거리가 되고 있을 뿐이란 말이다.

펭귄은 "설원의 바다 그리워/ 가까운 한강으로" 나간다. 여기서 독자들은 고개를 갸웃하지 않을 수 없다. 동물원에 있던 펭귄이 별안간 어찌하여, 어떻게 "한강으로" 갑자기 나갈 수 있단 말인가. 논리적·개연적 연결고리가 없다. 더구나 펭귄은 강변에 나온 "사람들과 사진도 찍고/ 개들과 장난도" 친다. "강물로 뛰어들어 물장구"까지 치고 있다. 독자들은 펭귄의 이런 의외의 행위에 논리적 일관성이나 유기적 통일성을 찾을 수가 없고 동시에 그에 따라 독해에 어려움을 느끼게 된다.

나는 이제 독자들의 빠른 이해를 위해 주석은 달았지만, 시인이 의도적으로 본문에서 배제한 정보를 제공할 때가 되었음을 느낀다. 한강변에 있는 펭귄은 동물원의 살아있는 펭귄이 아니라 강물로 뛰어드는 펭귄무리를 조각해 설치한 '조형물'이다. 남극의 눈보라가 치는 빙원이 아니라 서울 한강에 펭귄이 있게 된 연유다. 따라서 펭귄이 "한강으로" 나갔다는 문장 다음부터 실상 시인은 '조형물인 펭귄'을 노래하고 있는 것이다. 그럼에도 독자들의 의문은 여전하다. 즉 어떻게 생명 없는 조형물이 "사람들과 사진도 찍고/ 개들과 장난도" 칠 수 있는 것인가.

앞서 언급한 것처럼 현대의 시인은 자신의 '주관적 내부의식'을 강조하고 이를 작품 안에 반영시키려 한다. 그런데 주목해야 할 점은 '의식'은 고정되지 않고 끊임없이 유동하고 중첩된다는 점이다. 리얼리즘의 시공간적 사실성과 논리성은 배제된다. 대신 무질서한 '의식의 흐름'에 따른 감정의 단편들이 독백처럼 표출된다. 따라서 동물원의 '산' 펭귄은 한강에 나가 '부동不動의 조형물'이 될 수 있고, 다시 이것은 강변에서 '사진 찍고 장난도 치며' 움직이는 펭귄이 될 수 있다. 더 나아가 작품 후반부에서는 독자를 향해 발화까지 하는 펭귄이 될 수 있는 것이다.

펭귄은 우리에게 "다시 눈보라가 치는 빙원으로/ 돌아갈 수는 없나요" 묻는다. 그리고 마침내 마지막 연에서는 "나를 그리운 남극대륙/ 그 옛날로/ 꼭 보내주세요."라고 부탁을 하고 있다. 우리는 강한 연민의 감정에 휩싸인다. 어쩌다가 이 귀여운 짐승은 눈과 얼음으로 뒤덮인, 아득히 먼 남극 땅에서 이곳까지 와 살게 되었는가. 왜 이토록 신산한 삶의 길을 걸어야만 하는 운명이란 말인가. 그러나 시인은 펭귄의 슬픈 '운명'과 이에 따른 '생'의 간난을 드러내는 어떠한 관념·사변적 어휘 하나 견인하지 않는다. 그런 모든 것은 고향에 보내 달라는 간절한 펭귄의 부탁의 말 뒤에 어른대고 있을 뿐이다.

4

우리는 앞에서 "엄마의 산고가 각색된" "손금을 따라/

말도 탈도 많던 고갯길"을 보았고, "떨켜 있는" 나뭇가지가 "한 마디씩 허공으로 낸 길"을 보았고, 그리고 펭귄이 "그리운 남극대륙" "눈보라가 치는 빙원"으로 돌아가고 싶어 하는 길도 보았다. '길'은 글자 뜻 그대로 '도道'다. 동양의 정신철학에서 '도'는 우주의 근본적인 이치를 말한다. 시인은 여러 '길', 즉 '도'를 노래하며 우리 삶의 근원에 존재하는 본원적 가치를 발견하고자 한다. 그리고 그 가치에 따라 우리가 응당 걸어야 할 길을 가리키고 있는 것 같다. 그러나 주지하는 바와 같이 시인은 절대로 현학적이고 관념적인 언어로 그것을 직접적으로 표출하는 것을 삼가고 있다. 시인은 하늘의 달을 가리키지는 않는다. 물 위에 일렁이는 달을 가리키고 있을 뿐이다. 시인의 큰 미덕으로 생각한다.

지면 관계상 더 많은 작품들을 다루지 못해 아쉽다. 그러나 삶의 근원적 가치를 따라가는 길은 바로 "옹이박이 같은 인생 역정"이지만, "눈보라 속에서도/ 기꺼이 봄을 품고", 고향을 꿈꾸는 "강으로 간 펭귄"의 날지 못하는 짧은 날개를 짠한 마음으로 바라보는 시인의 짙은 연민의 시선과 맥을 같이 하는 길이 아니겠는가.

황금알 시인선